Wenn du meine Hand hältst

Eine Geschichte von Jillian Harker
mit Bildern von Andy Everitt-Stewart

p

Mama Hase öffnete die Vordertür. „Komm, Hoppel. Lass uns auf Entdeckungstour gehen."

Aber Hoppel war nicht ganz wohl dabei. Er war so klein, und die Welt sah so groß und unheimlich aus.

„Aber nur, wenn du versprichst, dass du meine Hand hältst", sagte Hoppel.

So führte Mama Hase Hoppel die lange Straße hinunter. Hoppel wünschte sich, er wäre schon wieder zu Hause.

„Das hier sieht aus wie ein prima Spielplatz. Gehen wir mal hin? Was meinst du?“, fragte Mama Hase.

„Nur wenn du meine Hand hältst“, sagte Hoppel.

Und so zogen sie los.

„Schau **mal**, was ich kann!“, rief er.

„Diese Rutsche sieht toll aus.
Willst du’s mal versuchen?“,
fragte Mama Hase.

Hoppel sah die Leiter hoch. Sie schien
bis zum **Himmel** zu reichen.

„Ich bin nur klein“, sagte Hoppel. „Ich weiß nicht, ob ich so hoch klettern kann – *nur, wenn du meine Hand hältst.*“

Und Hoppel
rutschte.

„Hui! Hast du mich gesehen?“ rief er.

„Wir nehmen die Abkürzung durch den Wald“, sagte Mama Hase.

„Ich weiß nicht so recht“, sagte Hoppel. „Hier sieht’s ziemlich düster aus. Na ja, vielleicht – *wenn du meine Hand hältst …*“

Und Hoppel marschierte los.

„Buh! Ich hab dich erschreckt!“, rief er.

Tief im Wald entdeckte Hoppel einen Bach, an dessen Ufern herrliche, hohe Bäume standen.

„Schau mal: Trittsteine!“, sagte Mama Hase. „Meinst du, du könntest darüber gehen?“

„Kann sein“, sagte Hoppel, *„wenn du meine Hand hältst.“*

Und los ging’s!

Eins, …

zwei, …

drei, …

vier …

„Jetzt bist du dran, Mama!“, rief Hoppel
und streckte seine Hand aus.

Auf der anderen Seite des Waldes liefen Hoppel und Mama Hase den Hügel hinauf und dann den ganzen Weg hinunter bis zum Meer.

„Komm, Hoppel“, rief Mama Hase.

„Hast du Lust, mit mir im Meer zu plantschen?“

Doch das Meer war so groß,
und Hoppel war so klein.

Auf einmal wurde
Hoppel klar, dass
das ganz egal war.
Er wandte sich zu
Mama Hase und

lächelte ...

Ich kann einfach alles, wenn du meine Hand hältst“, sagte er.